KB003016

중심의 거처

문학들 시인선 015

김규성 시집

중심의 거처

문학들

시인의 말

평생을 '왜'와 씨름해 왔다. 그런데도 왜 태어났는지, 왜 사는지, 또 왜 죽어야 하는지 갈수록 묘연하기만 하다.

할 수 없이 남은 시간이라도 '어떻게'와 친해 보려고 하지만 이 또한 만만치 않다.

이번까지만 두 명제와 섞어치기로 담합하고, 다음 시집에는 홀연히 '어떻게'에 치중하기로 한다.

2022년 봄

김규성

차례

제3부

제5부

제1부

흰 들국화 앞에서

세상의 작은 이치 하나
어느 누구
순 우리말로 밝혀 내지 못한
변방에서 태어나
아무리 찾아봐도
내 말이라고는 흔적이 없다
그렇다고
침묵조차도 제대로 못 했으니
말 많은 시절
살아서도 살아 있지 못한
부끄러움에 소름이 돋는다
그런 내게
다 늦어 꽃은 피고
이 꽃 어디에 그 옛날
앞서간 눈길이 머물고 있을까
해는 저 혼자 잘도 기우는데
내 눈은 점점 어둡기만 하다
그래도
눈보라 몰아치기 전

꽃의 중심을 찾아 거기
흔들리지 않게
내 눈길을 새겨 놓아야겠다
훗날 또 다른 내가
나보다 꽃을 잘 볼 수 있도록

낡은 문장

무명의 주어를 찾아 헤매다

동사를 잊어먹곤 한다 그리고 늘
동사는 과거 시제였다

졸다가 깬
늙은 고양이는 자꾸 시간을 묻는데

대답 대신 바람이
현재를 물고 저만치 간다

다시, 돌아오기 위하여

해 쏜살같이 기울고 바람 끝 차다
문득, 까닭없이 망망대해에 갇힌
늙은 수부가
외딴 섬에 심어 놓은
무명의 무채색 나무 한 그루
다른 잎들 다 철새의 날개가 되어
허공으로 흩어진 후
순결한 직립의 마지막 한 잎
옹이 깊은 곳에
나무와 잎이 둘이 아니라는 주문과
아무런 흔적 없이 살다 간 흔적을
비표로 새기고
떨어지면서도 나무를
흔들리지 않고 똑바로 보기 위해
천천히, 더 천천히 가고 있다
그러다가
지상의 발부리에
마지막 눈물 마저 지우고
가벼운 마음 가만히 부리겠다

거기서 한참
지친 몸 눈비 바람으로 발효하며
나무를 지켜보다가
봄과 귓속말을 나누는
겨울 안부를 확인하고 나서
천년 뿌리의
가장 척박한 곳에 스며들겠다
연둣빛 새 기억으로
이른 봄 다시 저 숭고崇高의
맨 아랫가지에 세 들 때까지

몽돌

고향 바닷가
깎아지른 절벽이나 기암괴석보다
둥글고 춤 낮은 몽돌들이 좋다

날마다 파도에 밀리며
더 갈 데 없는 자리에서도
모나지 않고

모가 사라지는 만큼
점점 몸 낮추어 견고해지는가

벌써 다 이루고도
이루었다는 생각조차
파도에 씻는

고향 바닷가 사원에는
온몸이 귀로
살아 있는 불상이 많다

희망에 대한 지상의 명세서

희망은 중독과 고문 사이의 간이역
네가 내일의 희망에 중독될 때
나는 어제의 희망에 고문당한다 희망은
시차를 잃은 밤과 낮의 샅바
너는 그 오른쪽 다리를 움켜쥐고
나는 왼쪽 다리를 곧추세운다
산골짜기 폭포가 마침내
바다에 이르고 거기에서 연어가
길을 거슬러 오르듯 희망은
지상의 가장 외롭고 낮은 곳에서
내가 너에게로 달려가는 것
네가 나에게로 달려오는 것
그러나 오래전에 이미 도착한
한 장의 백지 전보 같은 것
누군가 무작정 그어 놓은 일방로 그
죽음을 거슬러 생의 모서리로
기억을 돌이키는 희망은
비 오는 날 무반주로 켜는
순간과 그런 영원의 변주 같은 것

동행

강을 건넌 후 뗏목을 풀어주듯이
어제는 어제에게 돌려주기로 했다
그래야 오늘 그리고 내일이
온전한 내 몫일 수 있기에
내 두 발은
다만 앞을 향해 걸어 나아갈 뿐
아무리 앞바람 드세도
걷는 순간은 뒤를 돌아보지 않는다
별 하나 없는 밤에도
안개 아득한 새벽에도 당신이
늘 앞에서
나를 끌고 간다는 것을
알고 나서부터 생긴 버릇이다
언제부터일까
세상은
두렵고 아프고 또 번거롭기만 하다
시인이 사라진 시의 늪에서
언어는 제 이름과
천연의 힘을 잃은 지 오래

그럴수록
보이지 않아서 더 단단한
당신의 끈을 온몸으로 움켜쥔다

그림자

태양이 맞추어 준 지상의 옷 한 벌

떠난다는 것은

이 검은 수의囚依를 돌려주고

다시 무영탑無影塔으로 돌아가는 것인가

우주

저 둥근 감방에 서로의 부리를 가두고

제발 날개가 돋지 않기를 기도하던 때가 있었다

그림자 놀이

그림자는
다저녁의 가로등에 비친 것이
제일 두렷했다
등불을 등지고 길을 돌이키자
입술이 입술을 덮듯이
흑과 백이 서로의
소실점을 지워 주고 있었다
그림자를 제외한
지상의 모두가 여백이었다
가로등으로부터 멀어지면서
그림자는 점점 커지고
희미해지다가
마침내 보이지 않았다
무수한 기억들이 되살아나는
그 순간
풀벌레 울음이 귀를 적시고
나는 헤어졌다 아니
그림자가 나를 풀어주었다
거기 비틀어진 언어를

비틀어 다시
제자리에 놓은 시가 있었다

노루귀꽃 보기

사흘 전부터 보채듯 뒷산에 오른다

오늘도 노루귀꽃은 피지 않았다
아무리 밤낮을 바투 지켜본다 해도
노루귀꽃을 먼저 볼 수는 없다

그것은 노루귀꽃의 몫인데도
노루귀꽃이 먼저 피어야
나도 볼 수 있다는 사실을 잊곤 한다

노루귀꽃은
사람의 손길뿐 아니라
누군가 제 이름을 불러주는 것도
아예 바라지 않을 것이다

할 수 없이
산길을 가다가 무심코 눈에 띄면

아무 말도 없이

그 작은 경이로움에
저만치 두 손을 모을 따름이다

눈길

밤새 눈 오고
길과 들판의 경계가 사라졌다

첫 새벽부터

검은 손으로 순백을 지운다
잡념으로 무념을 지운다

인간의 길을 위해
하늘이 만들어 준 길을 지운다

눈물 한 방울

어떤 말도 돌이켜 보면
이미 누군가가 반복한 터여서 그것은
시가 되지 못하는 것처럼
내 몫의 언어는
짧은 독백 아니면 긴 침묵뿐이었다
이 혼돈과 퇴행의 시대를
철 지난 묵시록처럼 지켜보면서
마스크를 갈아 쓴 것 말고는
아무런 말도 하지 못한 사실만으로
나는 부끄럽고 슬픈 죄인이다
해는 가파르게 저물고
이윽고 저 강 건너에 이르렀을 때
누군가 어떻게 지냈느냐고 묻는다면
대체 무슨 말을 해야 할까
그보다도 우선
내 대신 여기 찾아올 이들을 위해
빈 자리의 흔적을
소리 없이 지워 놓아야겠다
그리고

그것만이라도 제대로 했다고 하자
그런데 어쩌냐
지상의 오염된 언어 그 가볍고
날 선 이율배반 속에서
삶이 무거울수록 맑고 고요하자던
당신의 심호흡이 다가올 때마다
가슴의 가장 뜨겁고 깊은 곳에 숨는
이 눈물 한 방울은

제2부

겨울 의자

때늦은 한파주의보 속
아직 번호표가 없는 시골 농협
의자가 참 따습다
누가 금방 앉았다 갔을까 나도
다음 손님이 올 때까지
앉아서 기다리기로 한다
내 나머지 삶도
내내 이랬으면 좋겠다며
누군가의 자리를 따스히 지피는
그런 기다림이고 싶다
굳이 말하지 않아도
저절로 이루어지는
이런 따스움도 있다는 것을
말없이 전해 주고 싶다

못다 한 이야기

이른 아침 먼 호숫가 커피숍을 찾았다
딱 오늘 하루만 세상 이야기를 하고
내일부터는 다지금*의 언어로 돌아가서
시와 침묵에만 더 치열하기로 했다.
그러나 우리는 커피가 식기 전
심호흡을 남겨 둔 채로 일어섰다.
우리가 나누고자 한
다음의 이야기를 밀봉한 채였다 가령
1보의 진보는 2보의 후퇴를 낳고
풍선의 한쪽을 누르면
다른 쪽이 부풀어 오르는 것처럼 혁명은
또 다른 혁명을 잉태하고 있다는 것을
정의와 진실에 대한 수요가 클수록
악과 거짓도 덩달아 짝을 맞춘다는 것을
더 쉽게 옛 어른들 식으로 말하자면
순간의 착시뿐 세상은 결코
맘먹은 대로 돌아가지 않는다는 것을
우리는 잠시 순진하게 잊고 있었을 뿐
여전히 세상은 숨가쁘고

우크라이나 전쟁은 계속되고 있다는 등.
그 기억상실과 불감증의 늪에서
어느 날 갑자기
이웃이 멀쩡한 괴물로 보이고
마스크 속 얼굴은
이제 너와 나, 선과 악이 따로 없다.
자본주의가 가공한 뉴스는
부관참시한 진실을 상호복제하고
그 소음으로 난청인 우리의 귀는
그런 뉴스를 듣지 않아도 될 권리를
기억해야만 견딜 수 있다
아무리 볼륨을 높여도 오히려 더
소음에 묻힐 뿐일 즈음에는
굳이 악화 속의 양화에 대해서
말하지 않는 것처럼.
그래도 세상은
오래전 쏘아 놓은 화살처럼 흐르고
돌아오는 길에도
창밖 호수는 넓고 잔잔하고 백로 떼는

멀리서도 평화로워 보였다.

* '제각각'의 전라도 방언

고맙다

나뭇가지에서 낳고 자라
옷 몇 벌 갈아입다가
소리도 없이 지는

낙엽은 왜 돌아간다고 할까

이 세상을 향한
마지막 한마디가 다만
고맙다, 이기를

오늘도 나는
그 말을
당신과 함께 나눈다

고맙다

'는'

어제 먹은 밥을 오늘도 맛있게 먹는
엄마 젖을 문 아이가 웃으며 잠을 자는
혼자가 아니라는 생각 하나로
외딴 길을 그림자랑 함께 가는
'는'이라는 소리가 볼수록 좋다
방금 전보다 지금 더 당신을 사랑하는
'는'이라는 방점처럼
혼자서는 낱말이 되지 못하지만
누군가와 함께하면
그의 가장 벅찬 현재를 이루는
이 땅에는
아직 '는'이라는 모어가 살아, 있다

별 위에 씨를 뿌리며

그동안 얼마나 많은 시인이 허공
의 별을 노래해 왔던가
그러나
가만 보면 농사의 농農은
별이 악보를 떠받치고 있다 그 별은
노래하듯 농부가
한 톨의 쌀을 빚을 때
하늘에 있는 것이 아니라 농촌의
흙 속에 있었다
할아버지는 농부였다 아버지도
어머니도 농부였다
나는 지금
힘에 부치지 않을 만큼 처마 밑의
텃밭을 일구고 있다
그리고
고개 숙여 별을 어루만지며
마지막 땀방울까지 다 쏟아 낸
시인의 노래로
더 고요히 별 속에 묻힐 것이다

안부

산중의 겨울밤 올해따라 더 추운데
고양이 방울이가
새벽이면 꼭 밖에서 기척을 한다
얼른 문을 열고
추우니 어서 가 자라고 다독여 주면
잠깐 있다가
할 일을 다 마친 듯
가만히 제 집으로 돌아간다
어미 없이 버려진 것
여덟 해 동안
수시로 안부를 살펴 온 녀석
어느새 눈꼽 끼고 눈에 띄게 느리다
너나 나나 얼마나 더
서로의 안부를 나눌 수 있을까
네가 나보다 더
그것이 맘에 걸리는가 보구나
미안하고 고맙다

소곡주

멀리 경기도에서 손님이 찾아오셨다
하필이면 술을 끊은 지 오래인데
귀한 소곡주까지 챙겨 오셨다
지금까지 내가 낸
시집과 산문집을 각각 다 챙겨 와
사인을 해 달라고 하신다
책마다 밑줄이 겹겹이 그어져 있다
주인은 하얗게 잊고 있었는데
손님은 페이지까지 기억하고 있다
마치 신의 훈수에나 비길까
살다 보면 내가 할 일을
다른 사람이 나보다 잘할 때가 있다
이제 백아는 고독의
야윈 줄을 끊지 않아도 되겠다
술은 마시지 않고
책장 한가운데 모셔 두기로 한다
우울하고 괜히 삶이 버거울 때면
새삼스럽게 술병을 지켜보며
아직도 어딘가 숨어 있는
세상의 인정에 취해 보기로 한다

연둣빛 오월

봄이 왔다 이제 또 가는가 보다
매화 꽃 소식 가장 먼저 지듯
봄이라는 말에
가장 많이 속은 사람들이 사는 마을
그래도 눈길 가는 데마다
몇 년 새에 연둣빛으로 황홀하다
가만 보면 다 조금씩 다르다
산마다 젖내 그윽한 활엽들이
위에서 내려오고 밑에서 오르며
늙은 침엽을 감싸고 있다
얼마만인가 금수강산이
어린아이들이 북처럼 두드리는
한글 자판 같다
그러나 이 노릇도 잠시
천지는 다시
검푸른 단색으로 숨이 막혀 간다
해 거듭할수록 눈부신
저 연둣빛 축복을 위해서는
단풍이 들고, 저 산을

눈시리게 함박눈이 덮을 때까지
또 기다려야만 하는가

우리말 공부

은근하게라는 말
같은 글도 아닌 듯이 쓸 줄 아는

간간하게라는 말
글마다 적당하게 간을 맞추는

탄탄하게라는 말
누가 흔들어도 무너지지 않도록
글 아귀를 탄탄하게 맞추는

돌이켜 볼수록
우리말에
글쓰기 비결이 다 담겨 있네

착시

잠시 감고 있던 눈을 뜨니 이발사는
왼손으로 머리를 다듬고 있었다
눈에 익숙지 않은 손길이 영 마음에 걸렸다
잘못 본 것일까 다시 보니
머리카락을 쓰레기통에 쓸어 담는 손도 왼손이었다
한참 난감해 하다가
문득 뒤를 돌아보고서야 알았다
실물이 아니라
거울에 눈길을 팔고 있었던 것을
티비는 제가 말한 코로나와 선거 뉴스를
저 혼자서 듣고 있고
다음 손님은 졸고 있었다
이발관을 나오면서 궁금했다
그동안 얼마나
거울의 허튼 마술에 속아 온 것일까
어쩌면 좌우 날개로 난다는
새들의 왼쪽 날개도
혹 저 거울 속의 왼손이 아니었을까

인간人間의 적정 거리

무슨 암호일까 코로나는 19금이다
언제부터일까 거리는
발가벗겨진 언어와
그 배설물로 만원인 포르노 광장
임계점을 넘은
욕망과 분노의 혼혈아가
난민 행렬처럼 뒤엉킨 포르노 시장
아직도 신은 살아서
수억 년 다져 온 몸과 몸의 적정 거리가
집어등 하루살이 떼처럼
숨 가쁘게 조여드는 가속도에 놀라
시계를 앞당기기 시작한 것일까
그러니 이제부터라도
인간人間이라는 몸의 거리는
숨소리가 들리지 않을 만큼 넓히고
영혼의 거리는 그만큼 좁혀
그리움이 가장 민감한 거리에서
사랑한다는 말에 귀 기울여야 한다
아스팔트에 갇힌 흙이 다시

하늘을 보고
심호흡을 가다듬을 수 있도록
집단 포르노 수용소에서
잃어버린 순결을 되찾아야 한다

고무줄놀이

형제인 두 아이가 긴 고무줄 양쪽 끝을 나누어 움켜쥐고 신나게 좌와 우로 멀어져 간다 그런데 해 기울고 성난 줄은 금세 끊어지고 말 듯 팽팽하다 점점 힘이 부치고 아이들은 발만 동동 구른다 손을 놓치기라도 하면 저쪽 등은 피멍이 들 것이기에, 그렇다고 둘이 동시에 줄을 놓아 버리면 서로를 찾아갈 길을 잃고 말기에, 이윽고 아이들은 줄을 꼭 쥔 채 서로를 향해 달려간다 해가 지기 전에 만날 것이다

바이올린

뜬금없는 바이올린이 생겼다
오랜 손때에서 검붉은 빛이 감돌고 있었다
귀농한 누군가가
한 겨울 쌀과 바꾸자고 내놓은 것
멋모르고 가장을 따라 낙향한
부인이나 혹은 어린 딸의
바이올린 속처럼 뻥 뚫린 오목가슴을
곰곰이 생각할수록
우선 내가 견디기 힘들었다
며칠 동안은
어서 주인에게 되돌려 보내야 한다고
애먼 가슴을 졸였지만
아무래도 마땅한 방법이 묘연했다
애지중지하던 꿈을
차가운 현실과 맞바꾸기까지
수십 번 망설이다 단호히 결단한
그 마음을 차마 건드리고 싶지 않았다
할 수 없이 마음을 돌려,

꿈속에서도 바이올린을 켜는
가난한 아이를 수소문 끝에 찾아내
산타클로스의 선물로 주었다
마음이 한결 후련했다
바이올린의 주인도 좋아할 것 같았다

제3부

세설원 작설차. 1

분명 잔은 내 손 안에 있다

잔을 채우니
세상이 다 그 안에 잠기고

잔을 들고 보니
세상이 다 이 아래 있는 것을

세설원 작설차. 2

잔을 비우고 또 한 잔을 따른다

한 생이 가고 또 한 생이 오는가

세설원 작설차. 3

흔적이라고는
유리 탁자에
찻잔 내리는 소리뿐

어서 자리를 거두자

오늘 차는 이미
저 소음이 다 마셨다

세설원 작설차. 4

어디에 찻상을 차릴까요

처음부터 차 이름이 있었더냐

없었습니다

거기에 차려라

세설원 작설차. 5

벽을 뚫고 계곡 쪽으로 넓은 창문을 내다

작은 폭포는 소리가 소리를 지우고
상사화는 그 소리에 푸른 침묵을 씻고 있다

차를 마시던 두 객은
자신도 모르게
풍경의 치마폭 속으로 숨고

반쯤 남은 잔만 석양을 지키고 있다

세설원 작설차. 6

찻잔을 비우고 창문을 열면
세 개의 작은 폭포가 물줄기를 이룬다
저마다 모양이 다르듯
떨어져 내리는 물소리도 다르다
그 소리를
따로따로 듣다가
둘씩 묶어서 듣다가 드디어
하나로 듣는다
한참을 그러다 보면
아예 묶음의 호수에 이르고
어제와 오늘 내일이 따로 없다
생과 사도
눈먼 경계를 지우고
다만 고요의 찻잔 속에 담긴다

세설원 작설차. 7

변방의 차가운 결가부좌에는
밤보다 불면이
먼저 날 선 진을 치고

문득,
생쥐 소리와 함께
화두 하나 천장에서 툭 떨어진다

꿈속에서 누가 잠을 청할 수 있는가?

세설원 작설차. 8

세상의 하루하루가 두렵다

그보다도
내 보이지 않는 한 점 티끌이 더 두렵다

그럴 때마다

뒷산을 모시고 차를 나눈다 그는
아직도 이름이 없으며
낮고, 둥글다

바람조차도 맑고 달다

세설원 작설차. 9

망망대해 수평선 위 찻잔 둘 띄워 놓고

파도를 부를까 이름 모를 섬을 부를까

아직도 턱을 괴고 있는가

세설원 작설차. 10

내가 술을 마시는 것이 아니고
술이 나를 먹고 있다는 사실을 알았을 때
일찍이 술을 끊었다

내가 말을 하는 것이 아니라
내가 해야 할 말을
부르튼 입술과
헝클어진 머리가 대신한다는 사실을 알고부터
나는 술 대신 차를 따르며 차에게
말을 시킨다

그러면
한 모금의 차는
발 없는 말의 천 리를 고요히 지나
영원보다 긴 침묵의 치마폭에 안긴다

자음이 저녁노을을 풀어놓고
모음의 망루 위에서 지켜보는 것처럼

세설원 작설차. 11

나뭇가지는 좌우로 고개를 흔들어
잠시의 먼지도 바람에 씻는다

내 마음 켜켜이 쌓인 먼지도 털어 내려면
그만한 바람이 있어야겠다

바람 한 점 없어 오늘은
바람피우기 좋은 날

운주사 와불이나 불러
바람결에
오래 묵은 차 한 잔 마실까 보다

세설원 작설차. 12

찻잔에 그려진 아기 부처 둘

얼마나 깊은 두려움과 슬픔을 울어야 저리 환하게 웃을
수 있을까

나도 한때 저런 얼굴을 한 적이 있었다 그러나
차츰 주위의 사물에 물들며
저 해맑고 눈부신 황홀을 놓치고 말았다

그래, 찻잔을 비우기 전 해야 할 일이 있다

제4부

눈물은 다시는 제 눈으로 돌아가지 않는다

단풍잎은 바람이 흔들지 않아도
가벼이 떨어지고
앞만 보고 가는 파도는
한 발자국도 뒤로 물러나지 않는다
허공의 거미줄로 짠 배낭을 메고
돌이킬 수 없는 고향과의
분리불안장애를 떨쳐 내지 못하는
나그네여, 나그네여!
무엇이 두려워 자꾸만 중독처럼
뒤를 돌아보는가
거기엔 텅 빈 그림자밖에 없다
웃음은 흔적을 남기지 않듯이
눈물도 다시는
제 눈으로 돌아가지 않거니
여기 혹은 저기에서도
크고 긴 박수를 위해서는 먼저
두 손이 멀리 떨어져야 한다

생과 사에 관한 어떤 은유

팔려 가기 전
소리 없이 흐르는 황소의 눈물을 본 적이 있다

주인도 속으로 울고 있었다

눈물은
소리가 없을 때 더 아팠다 그 소리는
소와 주인을 함께 만든 귀만 들을 수 있었다

달관

달관이란 달에게 관을 씌어 주는 게 아닐까
아니면 달이 관을 쓰고 있거나
이왕이면 보름달에게 삿갓을 씌어 주자
황영조가 쓰고 있는 달관의 꽃말은
'죽어도 변함이 없다'라는데 그래서일까
달관한 달팽이는 죽을 때까지
집을 통째로 관으로 쓰고 살아간다
할 말 많을수록 입 굳게 닫고
밤 깊어 갈수록
옛 시인처럼 달이나 보며 살아야 하는
이런 세상에 달관한다는 것은
너무 멀어서
아무도 그 권리를 다투지 않는
달을 관으로 쓰고 사는 것이 아닐까
그런데 달이 지상을 보며
무덤마다 관을 쓰고 있다고 웃는다
깊어 가는 밤 관을 벗고
가슴속 달을 불러 말없이 함께 논다

두 개의 눈

창문을 열고 외등을 끄면
저만치 가로등 혼자 밤길을 지키고 있다
꼭 별들은 밤에만 하늘을 지키는 걸까
마치 여와 야의 약속 대련 같은
빛과 밤의 지루한 이항 대립
너무 눈에 익은
저들은 내 눈길을 오래 붙들지 못한다
방에 들어와
불을 끄고 눈을 감는다
잠시 후 기다렸다는 것처럼
새로운 눈이 열리고
보이지 않는 것들이 다가오기 시작한다
첫사랑의 눈물이 보이고
작아서 더 아픈 죄들이 보이고
발가벗은 욕망의 굳은 흉터도 보인다
이윽고
두드러기로 돋던 가시 다 가시면
폭풍은 호수로 숨고
맑고 시린 고요의 향기 달다

이제 망원경도 현미경도 필요 없고
이대로라면 전생이나
태초의 한 마디도 볼 수 있을 것 같다
그런데
보이는 눈을 닫아야만
보이지 않는 것들과 한데 어울리는
또 하나의 눈이 열리는 것인가
혹시 두 개의 눈이 짜고
요술을 부리는 것은 아닐까

명사십리

모래 위에 집을 지어 본 적 있는가
한 시절 중동에서 일하다 온 친구는
사상누각이라는 말은
시간이라는 증인 아니면
열사의 한복판에 집을 지어 본 사람만이
할 수 있다고 했다
흙 위에 모래로 층층시하를 이루어
사상누각 속에 갇혀 사는
현대인이라는 대지의 자손들에게
잡초 무성한 무덤 말고
최후의 집은 대체 어디 있을까
돌이켜 보면 바다는
사리 때마다 파도를 보내
모래 위의 무수한 집을 다독이고
모래 속 수천의 게와 조개는
조금 때마다 분주히 지붕을 손질한다
그뿐인가
속을 통째로 비우고 나서야
모래밭에 이르러

반영구주택을 얻은 소라 껍질은
백년 청정의 귀를 세우고
오늘도 해당화는 모래 속에
뿌리를 더 단단히 내리고 있다
언제이던가
나도 귀가 밝은 당신과 함께
보름사리 파도가 시간
의 질긴 모서리를 어루만지고 간
겨울 명사십리 백사장에
영원의 발자국을 새긴 적이 있었다

밤, 섬진강

강은 왜 하류에 오면 폭이 넓어질까
강이라는 이름을 마치고
바다의 품에 맞추려는 몸짓이라면
거기, 깃드는 저녁노을의 반쯤은
바다의 몫이겠다 그때면
바람도 바다 쪽으로 자꾸만 기우는가
한 무리 연어 떼가
바다를 등지고 한바탕 눈부신 거역의
몸살을 하지만 상류는
흘러간 것들의 기억을 잃은 지 오래
와온을 저만치 두고 벌써 노을 진
섬진강 하류에 이르러
내 이름을 지우고
너의 이름을 부른다 가만히 그러나
흔들리지 않게
연어처럼 물살을 거스르지 않고도
강과 바다를 동시에 노래하는
허공의 악보를 읽는다
밤은 깊어 갈수록 새벽에 가깝고

백지의 검은 활자를 지운 자리
살아 있는 것들은 모두가 주문이다

부재의 시학

손목에 찬 시계를 두고
누구에겐가 시간을 묻곤 한다
가장 가까이서도
자신을 기억하지 못하니 손목은
그 무거운 금사슬에 묶여
얼마나 섭섭할까
기억의 농도와 빈도를
주체의 대차대조표라고 이른다면
나는 나에게서 한참 멀다
그중에서도
나와 마음의 거리는
보이지 않는 만큼이나 아득하다
그런 나의 상습적 부재를
누가 부를 때에만
예!라고 대답하는 것으로
당연하다고 여기며 살아온 것이니
돌이켜 보면 내 것이 아닌
갖가지 말과 번뇌처럼
바깥 세상은 갈수록 바쁘고

누구보다도
내가 나에게 미안하다

빈터

꿈자리가 소슬하고 스산하다
집과 뜰의 소소한 풍경이
여기저기 어지럽게 흩어져 있다
아직도
마음의 퇴적물을 치우지 못한
게으름을 채근하다가
그냥 두기로 했다
저 은유는 각각의 풍경들이
빈 뜰에 모여 살며
모처럼 하나의 풍경을 이룬 것
어쩌면 신이 그려 가는
한 폭 진경산수화인지도 모를 일
내버려 두자
비록 시키지는 않았을망정
어렵사리 잠자리에 찾아든 손님
함부로 내쳐서야 되겠나
그냥 새삼스러운 마음 비우고
한바탕 시원하게
저들의 뜰이 되어 주는 것이다

삼천리 도서관

구룡폭포 옆에 끼고 정령치 가는 길
오른쪽은 높이 왼쪽은 깊이를 깎아 세운
천길 벼랑의 허리춤 길
진달래 떼 지어 손 흔들고
숨어 있던 화첩 페이지는
수줍은 첫사랑 입술처럼 열린다 이처럼
삼천리 화려강산이 다 책과 문장인데
이 고요하고 푸른 도서관에서
몇 권의 책을 읽고
또 다른 도서관으로 떠나야 하는 걸까
걸음마다 알게 모르게
과연 한 권 아니 한 페이지
아니다 그중의 첫 문장 하나라도
마음을 다해 읽기는 한 걸까
눈은 점점 흐린데
히어리 곧추선 벼랑에는
푸른 이끼만 지천의 책으로 꽂혀 있다

겨울 밤

밤은 저 혼자 깊어 가고 나는 시를 쓴다
남은 것이라고는
점점 서로의 거리가 멀어지는 눈과 귀뿐
그래도
보이지 않아서일까 소쩍새 소리는
어두울수록 잘 들리는데
저 빛나는 하늘의 눈동자
별들의 소리는 한 마디도 듣지 못했다
여기에서,
보이는 것들 보이지 않고
들리는 것들 들리지 않을 때까지
그리하여 그 눈으로
들리지 않는 소리 뚜렷이 듣고 그 귀로
보이지 않는 것들
뚜렷이 볼 수 있을 때까지 나는
시를 쓸 것이다
언어가 허공의 본색을 되찾고 마침내
고요의 심장에 이르기까지
이 마음의 손길 멈추지 않을 것이다

숲속 저수지

내 기억의 저수지에는 인어가 산다 어떤 인어는 스스로
수면 위로 뛰어오르기도 하고 어떤 인어는 물속에 손을 넣
으면 가만히 꼬리를 내밀기도 한다 그런데 딱 하나 아무리
불러도 그 어렴풋한 윤곽조차 아예 잡히지 않는다 내 불
꺼진 객창에 마지막 모국어를 새겨 주었던가 내 연둣빛 우
울에 가시면류관을 씌어 주었던가 이름은 오히려 크고 선
명한데 도무지 모습이 떠오르지 않는다 그 얼굴을 잃은 기
억은 다른 기억보다 많은 말을 다물고 있다 그 말을 내 실
어증더러 대신하라는 걸까 아스라한 망각의 복면을 쓰고
실체보다 뚜렷한 고백성사를 독촉하고 있다

연갈색 티셔츠
– 친구는 티셔츠 두 벌 중 하나를 주며 그냥 집에서 입으라고 했다

친구한테 옷 선물을 받았다
외출하기에는 좀 안심찮은 티셔츠였다

옷장 속에 한참 두었다가
집 안에서 마구잡이로 입었더니
참 부드럽고도 따뜻하다

가만 보면 그 많은 옷 중에는

종일 벗지 않은 채로
때로는 춥고 곤한 잠자리에서도
함부로 걸칠 수 있는
평상의 것이 단연 최고였다

오래도록 따뜻하게
아무 때나 편히 입는 옷처럼
가만히 친구의 이름을 불렀다

제5부

명옥헌鳴玉軒

더는 붉지 말아라 옥구슬아

아직도 다 못 한 피울음 남았느냐

다시 쓰는 시론

안경을 쓰고 나서는 잘 닦아 집에 넣어 두고
다시 쓸 때는 렌즈가 생채기 나지 않게
조심스레 새로 닦는다

시를 쓸 때도 안경을 닦는 것처럼 언어를 닦는다
그 언어의 렌즈에서 한 편의 시가 태어난다

그런 시는 가만두어도 수명이 길고
아무도 함부로 읽지 않는다

그리고
평소에도 말을 허투루 하지 않게 한다

거울놀이

내가 거울을 보는 게 아니고 거울이 나를 보고 있다 눈에 먼지가 날아와 앉는다 거울에도 먼지가 날아와 앉는다 내 시야는 두 배로 흐려진다 거울 속의 나도 잘 보이지 않는다 거울을 깬다 무수한 복제인간이 탄생한다 내 주소는 사방으로 눕고 안고 서고 부딪힌다 내 주민등록은 위조지폐처럼 동일 번호로 복사된다 차디찬 거울 조각들을 다시 모은다 틈과 틈을 봉쇄한다 나는 다시 하나의 제국이 된다 그러나 종전의 거울이 아니듯 종전의 내가 아니다 거울에 놀아난 나, 거울을 먼지보다 작게 부순다 나는 먼지와 동시에 거울 속에서 실종된다 거울도 사라진다 이제 거울을 보지 않아도 된다

대나무의 기억

어려서 형 따라 바다낚시를 다닐 때
대나무로 만든 낚싯대는
낭창낭창 활처럼 휘어지곤 했지만
아무리 큰 물고기가 물어도 부러지지 않았다
대나무는 그 무렵부터
내 기억의 골방에서 청청한 숲을 이루었다
처음에는 대나무로
활과 화살촉을 만들어 새를 겨누다가
앗차! 친구의 등을 쏘고 말았다
그후부터 아픈 기억을
낚싯대보다 더 둥글게 둥글게 구부려
굴렁쇠를 굴리면 길과
동그라미가 저절로 한몸을 이루었다
또, 기억의 마디와 모서리를
얇고 부드럽게 다듬은 후
연을 만들어 띄우면
지상과 하늘이 한데 어울리곤 했다

고인돌 공원

두 아이가 숨바꼭질을 하는데
한 아이가 바위에 얼굴을 묻고는
자기가 사라졌다고
나 찾아보라고 소리친다 문득
이른 봄 텃밭 한 귀퉁이에 묻어 준
새끼 고양이 생각이 난다
지구에서 태어나
그 속에서 자란 목숨을, 기껏
거기 묻어 놓고
어디로 보냈다고 잊고 있었던가
산다는 게 죽음처럼
지상에서 저지른 죄를
지상에 숨기는 짓일 뿐이라면
하늘 아래 어디에도
숨길 데가 없듯 숨을 곳도 없다
그러니 사랑이여
아직도 죽음이 두려운 내가
껴안을수록 더 그립고
안길수록 더 아늑한
당신의 품은 얼마나 깊고 푸른가

중심의 거처

이르자마자 곧 떠나야 하는
거기가 출발점이어서
현재가 없듯이
따로 정처가 없는
강물의 중심은 어디일까
잠시 몸 쉬고 있는
한순간도
가만있지 못하고 흐르는
이 마음의 중심은 어디일까
그 거처를
나보다도 오래된
벽시계에게 물어보지만
종점을 모르는 시침은
쫓기듯이 달려가며
오히려 내게 되묻는다

봄꿈

꿈자리가 사나워 밖에 나가니
처마 밑 마루
고양이가 잠꼬대를 하며 웃고 있다

나는 어제 새로 산
고급 침대에서도 악몽을 꾸었다

문득, 세상이 침대이며 나는
그 위에서 맨날
꿈을 꾸고 있는 게 아닐까 하는 생각이
먼 기억처럼 떠올랐다

이름 없는 고통도
얼굴을 알 수 없는 번뇌도
세상의 침대에서
되풀이하는 꿈일 뿐

세상 탓을 할 것이 아니었다

별과 안부를 나누다

어느 날 깨어 보니 한낮이었다
그리고 밤이 왔다 그렇게
어디서 왔는지 묻지도 않고 밤과
낮을 번갈아 헤며 달려온 깊은 밤
별들에게 안부를 묻는다
큰 별 작은 별 가리지 않고 다한다
낮에는 당신과 마스크를 벗고
밀린 안부를 교환했다
건강해 주어서 감사하다고
내가 할 말을 대신해 주는
그럴 때는 영락없이 당신이 나다
내가 불면과 등을 맞대고
한 편의 시를 쓰는 동안
저 무수의 별은
별보다 더 반짝이는 눈빛으로
그저 내 안부만 묻고 있었다
당신도 그랬을 것이다
잠시 연필을 놓고
돌이켜 보면

세상엔 아직도 감사할 일이 많다
마음의 방을 더 넓혀
저 별들과 그보다 더 큰 별이
오래 머물도록 해야겠다

불갑사 길 꽃무릇

하고 싶은 말을 저리 다 하기란
쉽지 않겠다 그 말이
한데 모이면
세상은 한바탕 횃불잔치가 되는가
나도 한때
무당의 주술처럼
말로 혼을 붉게 물들인 적이 있었다
마시지도 않은 술에 취해
그리운 것들에게
다만 핏빛 그리움으로 말하던
썩 미치기 좋은 시절이었다
그리고 오늘
꽃 아무리 붉어도
또 금세 까맣게 타들어 가도
곧추선 줄기는
젖내음 곤한 초심 놓지 않는 것을
고향 길 초입에서 배운다
나도 이제
소요의 악보를 지우고

연둣빛 고요와 놀아야겠다
문득 저 꽃그늘에
작아도 아픈 죄로 남은
말의 발자국마다 소스라치다

불법 미용실

그 손은 쉴 새 없이 삭발을 한다
그 손이 인가한 비구니는 얼마나 될까
이제는 비구들도 인가해 준다
그들을 다 거두자면
절 수십 채로도 턱없이 모자라겠다
아무래도 자꾸 손님들이 늘어나는 건
제대로 삭발을 못 한 탓일까
보아하니 단골 모두가
평생을 삭발해야 하는 무기수들
꽃 툭 지고 달랑 꼭지만 남은 동백이
동안거를 털고 나오며
돈오면 돈오지
그놈의 점수가 병이라고 혀를 찬다
그래, 맞아
한 번 삭발은 영원한 삭발이다

강물 위에 떨어진 눈물 한 방울

나 세상에 할 일 없어서 산의 들숨을 내쉬며 흐르는 강 기슭에 반딧불이와 사바사바 터 잡고, 없는 일 굳이 바쁜 척 만들어 가며 이뭉야뭉 지내던 터에 하도 강이 제멋대로 해맑게 굽이굽이 소용돌이치는지라, 차마 그냥 지나치기 아까워 하루 품 꼬박 산책길이라고 내다 보니 도무지 징검 다리밖에는 다른 수가 없기로, 엊그제마냥 또 큰물이라도 지면 허사일 게 뻔한 것을 꾹 참고 몽니처럼 처박힌 노둣 돌 몇 요모조모 아귀 맞춰 되바라지지 않게 띄엄띄엄 놓았 거늘, 마침 산중에 반백머리 쉬어 주려고 온 한 시인이 그 것을 보고 눈에 밟혀 괜히 눈물을 지었다 하니 오호, 산지 기 강지기 서늘한 발목 외따로 소나기 여울지던 비지땀 값 은 새삼 빼고도 남았으니, 그래 그 눈물 한 방울로 미처 딱 맞는 것을 구하지 못해 어금니가 빠진 마지막 징검돌을 심 어야겠네

식은 찻잔에 고이는 석양

사라진다고 해야 할까 아니면
돌아간다고 읽어야 할까
이맘때쯤이면
낙엽의 귀거래사 악보 같은
무등산 산장 길
추억을 불심검문하듯 들른
시골 찻집
식은 찻잔에 고이는 석양을
친구는 천천히
더 천천히 마시고 있다
아무리 뒤져 봐도
자기만의 대사 한 마디 없는
낡은 연극의 대본
잠시나마 접어 둔 채로
의미의 손 부려 놓고
다만 침묵이고 싶은 것일까
정처 없는 바람 너머
한때는 독수리 발톱 같던
그 눈매 속

빛 바래 가는 긴장과
초연 혹은 체념으로 위장한
녹슨 불안을 스쳐 보며
나는 가만가만
저물어 가는 길을 재촉했다

時論 혹은 詩論

1. 위선과 위악

선은 타인에게 고의적 피해를 주지 않고 순수하게 도움이 되고자 하는 따뜻한 마음씨를 이른다. 객관적으로 이타심이나 공동체 의식의 전형을 이룬다. 선이 제 기능을 하려면 그 바탕을 이루는 마음씨가 선해야 하고 나아가 선한 마음을 실제 생활이나 사회에서 올바로 실현하는 한결같은 성실과 의지가 수반되어야 한다.

선과 함께 사회윤리의 핵심을 이루는 것이 정의다. 건전한 사회를 위해서는 선과 정의가 최우선적 가치로 확고히 자리 잡아야 한다. 이때 선은 내면적 바탕을 이루고 정의는 외부적 실천을 담당한다. 선과 정의가 제 기능을 할 때 사회는 밝고 투명해지고, 비로소 온전한 자유와 평화가 주어지며, 개인의 인격도 순조롭게 향상된다.

선과 정의 두 축은 막상 현실에서는 사회적 상황에 따라 일련의 차이를 보인다. 선은 본질의 순수가 정서적 보편성을 띠는 데 비해 정의는 실효적/사회적 성격이 강하다. 정의는 집단의 이데올로기나 개인적 소신에 따라 그 판도가 달라지며, 사회가 복잡할수록 정의에 대한 견해나 해석도 다양해진다. 예컨대 보편적 복지와 선택적 복지 간의 방법론상 팽팽한 견해 차이다. 전자가 정서적 측면에 비중을 두는 데 비해 후자는 실효성에 비중을 둔다. 이때 정의는 두 개의 관념으로 각각 재해석/재구성된다.

정의의 대립어는 불의다. 정의가 이데올로기나 실천 방법론에 따라 해석상 차이가 있는 것과 달리 불의는 객관적 동의를 구할 수 없는, 단지 악일 뿐이다. 선은 정의와 달리 상대적 이해관계나 시비에 연연하지 않고도 본연의 임무를 수행할 수 있다. 선의 동의어인 사랑이나 자비가 그 경우다. 선은 장려해야 할 덕목이지만 악은 제거 대상이다. 그런데 악과 더불어 경계해야 할 대상이 또 있으니 바로 위선이다. 뿐만 아니라 위악도 때로는 위선 못지 않은 반사회적 흉기로 작용한다.

위선

먼저 위선의 경우를 보자. 위선은 겉으로만 선한 척할 뿐 속은 그렇지 않은 것, 선으로 위장한 가면 속에 이기적 속셈을 감추고 있는 것을 이른다. 대개 위선은 꽃의 웃음 속에 매의 발톱을 감추고 있다. 입으로는 선을 구두선처럼 남발하면서도 실제 행동은 모호하거나 악을 조장한다. 또 천성이 야물지 못해 겉으로는 선하게 보이지만, 이리저리 흔들리다가 쉽사리 악의 편에 휩쓸리는 부류도 많다. 위선은 사회, 윤리면에서 치명적 해악이다. 따라서 위선의 기만 전술에 속지 않고, 건강한 사회를 이루기 위해서는 선과 위선을 구분할 줄 아는 안목과 지혜가 필요하다.

한편, 위선을 사회적 이슈로 다룰 때 경계해야 할 부분이 있다. 100% 완벽하지는 못하지만, 꾸준히 선을 지향하며 실천해 나가는 데도 미처 살피지 못한 일부만 보고 전체를 위선으로 매도하는 경우이다. 아무리 선한 사람도 온전히 선하기는 어렵다. 최소한 10%는 불완전한 선, 즉 미처 떨쳐 내지 못한 악의 습성을 지니고 있게 마련이다. 악한 것이 아니라 선이 완벽하지 못한 것이다. 그러기에 그를 함부로 위선자라고 불러서는 안 된다. 바탕이 성실하고 선을 지향하는 의지가 견고하기 때문이다. 만약 10%의 미완 때문에 위선자로 매도할 경우, 어느 누구도 위선자일 수밖에 없다. 아무리 성직자나 수도승이라도 10% 미완의 선에서조차 자유로울 수는 없다. 다시 말해 10%의 불완전한 선을 통해서 100%의 지고지선에 이른다.

위악

다음에는 위악의 경우를 보자. 위악은 정작 그렇지 않은 데도 일부러 악한 체하는 것을 말한다. 또 진솔하게 자신의 실수를 밝혀 상대의 경계심을 완화하고 동질감을 불러

일으키기도 한다. 위악은 때로 소소한 악을 가장해 자신을 보호하거나 상대(불특정 상대를 포함한)의 위선을 공격하기 위한 수단으로 기능한다. 자신의 정직, 진실을 기술적으로 과장하기 위해 위악을 연출하는 것이다. 치밀한 손익 계산 후, 일부러 자신의 단점 중 일부를 엿보인 다음 그 작은 손실을 제물로 자신의 본격적 약점이나 죄악을 미연에 보호한다. 나아가 이를 미끼로 자신보다도 도덕적으로 우월한 상대를 위선자로 공격하기도 한다.

이 경우, 미숙한 위선은 순진한 편인데 비해, 세련된 위악은 위선을 능가하는 고도의 교활을 숨기고 있을 수 있다. 더욱이 위선은 정체가 과장, 증폭되어 있어 확산되기 쉽지만 위악은 표면의 선제 장치에 가려 그 속셈이 잘 드러나지 않거나 설사 드러나도 크게 이슈화 되지 않는다. 위악의 미끼에 낚인 군중의 동조를 바리게이트 삼아 방어벽을 치고 있기 때문이다. 그런 위악은 용서받지 못할 위선자보다도, 도덕적으로 극소수에 해당하는 10%의 불완전한 선을 공격해 치명상을 입히기도 한다. 더욱이 현대사회의 기현상 중 하나는 위선이 위악의 탈을 쓰고 부정적으로 진화해 간다는 사실이다. 이를테면 폭력의 언어, 가짜 뉴스까지 동원해 무분별한 혐오를 조장하고 사회적 가치관의 혼란과 시민의식의 분열과 수평적 하향화, 파시즘적 포퓰리즘을 꾀한다.

문학에서의 위선과 위악

문학 작품에서 위선과 위악은 주제와 배경, 서사, 알레고리 등 전반에 걸쳐 다양한 기능을 한다. 선을 지향하거나 선을 빙자한 위선은 긍정적 가치관을 바탕으로 인간의 숭고미, 순수, 공동체적 연대, 동일성, 진실, 낙관, 정열, 낭만, 휴머니즘, 미화, 성실, 도덕, 질서, 감성 등의 성향으로 나타난다. 반면 위선이나 권위에 대한 반감, 때로는 자기 보호 수단으로 출발한 위악은 비판적 성향을 띠며 사회 부조리, 자아의 분열, 해체와 차이, 개인주의, 추악, 부도덕, 혐오, 낯설게 하기, 풍자와 해학, 독설, 역설, 비관, 자학, 배설, 질서 파괴 등 부정적 측면의 부각이 주조를 이룬다.

문예사조 측면에서 보자면 고전주의적 서정성이 위선적 포즈에 가깝다면 모더니즘/포스트모더니즘은 위악에 가깝다. 너무 단순한 분류지만 일단 위선적 경향이 내포된 경우를 위선적 문학으로, 위악적 경향이 주조를 이루는 경우를 위악적 문학으로 지칭해 보자(이 부분은 좀 더 적합한 용어를 찾기 위해 고민해야 한다).

근대 산업사회 이후, 인간의 성스럽고 고귀한 측면을 서정적 문체로 부각시키면 무조건적 공감과 열광을 보이던 세간의 정서는 산업화의 급류에 떼밀려 물질문명에 도륙당한 정신문화와 함께 퇴화했다. 이를테면 위선적 문학이 그 실체를 무참히 해체 당하게 된 것이다. 이 틈을 타고 위악적 문학은 위선적 문학의 속옷까지 다투어 발가벗긴 채 자극적이며, 감각적으로 세련된 문장으로 인간과 사회, 자아의 모순과 부조리를 확대 왜곡하고 희화화해 세간의 비상한 관심을 모은다. 그리고 어느 틈에 변방에서 주류로 입성하게 된다. 톨스토이의 『부활』이 전자의 성격을 띠고 있다면 도스토옙스키의 『카라마조프가의 형제들』은 후자에 가깝다. 지드의 『좁은 문』과 포의 『검은 고양이』, 가와바다 야스나리의 『설국』과 하루키의 『상실의 시대』, 황순원의 「소나기」와 김승옥의 「무진기행」도 그런 구도상의 변별성을 시사한다. 이런 현상은 시에서도 두드러진다. 윤동주의 「서시」와 이성복의 「그날」, 김춘수의 「꽃」과 김수영의 「거대한 뿌리」, 김현승의 「가을의 기도」와 소위 미래파로 지칭되는 일군의 시들도 그와 같은 대칭 관계를 이룬다.

위선이나 위악은 모두 정상이 아니다. 거짓이라는 수식어가 접두사 기능을 하기 때문이다. 이들이 정상화 되려면 일단 거짓을 떨쳐 낸 다음 악을 지우고 진실을 추구해야 한다. 진선미를 주어로 그 동사 격인 거짓 위僞를 할 위爲 자로 바꾸어야 한다. 여기에서 선은 이분법적 굴레에 갇히지 않고 선악을 초월한 경지를 말한다. 그래야만 선악 간 시비를 가릴 필요 없는 절대선의 가치를 확보할 수 있다.

시와 선의 미학

시는 본질적으로 공동선을 지향한다. 대부분 선하거나,

선을 추구하는 시인들은 순수한 영혼을 밝혀 시를 쓴다. 한편, 돌아서서 다른 행태를 보일지라도 시를 쓰는 순간만큼은 선한 마음으로 시작에 몰입할 수도 있다. 잠시 악, 위선의 편에 기울어 있었다 해도 이를 진심으로 뉘우치고 선 의지를 집중해 쓴 시는 진흙 속에서 새롭게 태어난 보석의 가치가 있다. 문제는 위선과 위악을 교묘히 활용해 시를 직조해 내는 경우로 이는 시의 풍토를 흐리는 부정적 현상을 초래하기 쉽다.

시는 선한 영혼을 통해 고차적 순수미학을 추구한다. 예술의 핵심 요소인 진선미를 혼용한 '선의 미학'이 시의 진수다. 시에서 선은 최선의 가치와 동일한 명제이자 윤리적 구속에 얽매이지 않고 궁극의 진리와 진실을 추구하는 구도적 치열로 함축된다. 선과 그 고유한 가치의 진정성을 회복하는 데 시가 옷깃을 여미어야 할 때다.

2. 인과와 무아無我

불교의 핵심 키워드로 윤회와 무아를 꼽을 수 있다. 그러나 두 기제는 논리상 서로 상반된 모순점을 안고 있다. 윤회는 우주 만물에게 투여된 결정론적 속성을 가리키는데 비해 무아는 윤회의 사슬을 끊는 방법론적 기능으로 제기된다. 윤회와 대척점을 이루는 무아는 초자아와 해탈의 경지를 이르며 인간은 무아의 자각에 의해서만 생사의 고통으로부터 초연할 수 있다. 이론상으로 윤회의 주체인 자아가 부재하는 한 윤회는 성립/유지될 수 없다. 따라서 단편적 일시 현상에 그치는 자아의 부재를 무상無常의 진리를 통해 근본적으로 성찰하고 그 실상을 깨쳐, 이를 발전적으로 상시화하는 무아는 윤회로부터 해방될 수 있는 유일한 통로다.

그러나 윤회의 주체인 독립체로서의 자아는 엄연히 존재한다. 비록 완전하지는 못하지만 분명히 현존하는 당장의 나, 경험적 사실과 이에 관한 인식을 통해 고유의 주체를 형성하는 자아를 무시/외면할 수는 없다. 고유명사인 성명을 기호로 사회적 개체를 이루는 나는 나서부터 죽음에 이르기까지 외형상으로는 주체적 동일체로 타자의 관심을 받으며, 자신의 세계를 지배한다. 아무리 시간의 추이에 따라 심신이 변화를 거듭해도 배고프면 밥을 먹고, 예기치 않은 환경에도 본능적으로 대처하는 나, 치열한 경쟁을 통해 자신의 재산과 명예를 수호하는 한편 누군가를 뜨겁게 사랑하는 나는 타자와 철저히 분리되어 자신만의 논리와 언어를 구사하며 이성과 감정의 독립 주체로 존재한다. 따라서 나를 아는 이들은 평생에 걸쳐 내 이름을 불러 주고, 얼굴을 기억해 주며, 한 인격체로서의 존재를 인정해 준다.

자아의 부재

만물은 끊임없이 유전한다는 헤라클레이토스의 말을 빌리지 않더라도 시간과 공간 그리고 그 속의 구성체들은 잠시의 태만도 없이 연속해서 변화하고 있다. 세포의 개체수와 외형의 변화로 그 사실을 입증하는 생명체뿐만 아니라 무생물도 변화의 질곡에서 자유롭지 못하다. 인간만 해도 몸뿐 아니라 마음은 또 얼마나 자주 변덕을 부리는가. 그 변화무쌍한 무상의 늪에서 고정불변의 실체를 증명하기란 요원하다. 시시각각 변화를 거듭할 뿐 고정된 실체가 없으므로 온전한 자아의 존재를 설명하기 난감하다.

내 마음이 어떤 주제나 대상에게 머무는 순간, 동시에 나를 인식할 수는 없다. 그런데 대부분의 시간을 일련의 대상을 향한 지향성 속에서 소비한다. 이처럼 나는 일부러 자신을 의식하지 않는 한 부재를 통해 존재하며, 그 순간 무아의 상태에 자신을 내맡기게 된다. 풍경에 취해 넋을 놓고 있을 경우도 마찬가지다. 대부분의 시간을 그 무아지경 속에서 소일하는 나는 자아라는 주체의 위치를 망각하고 수시로 가출하는 무책임한 주인이다. 현존의 나는 실종되고 사후事後의 나만 재인식을 통해 감지될 뿐이다.

내가 나를 돌이켜 볼 경우에도 나는 견자적 나(즉자)와 대상화된 나(대자)로 이분화 된다. 그리고 자아에 대한 의식(자의식)은 수시로 끊기며 잡념의 방해를 받는다. 따라서 내가 나를 순수하게 의식하는 경우는 내게 부여된 시간의 극히 작은 일부에 지나지 않는다. 부재의 자아가 이끌어 가는 시간의 집적이 인간인 나의 생인 것이다. 그러나 이 경우의 무아는 '자아의 부재'일 따름이며 불교에서 말하는 본연의 성찰적/초월적 존재의 자각인 무아와는 다르다.

자아의 부재와 무아는 그 순도와 시간상 함량에서 큰 차이가 있다. 자아의 부재는 다른 대상에게 짧게, 수시로 그 마음을 빼앗기는 단편적 현상의 반복에 그치지만, 무아는 자아의 일시적 부재가 아니라, 현상적 자아에 대한 원천적 부정에 그 핵심을 두기 때문이다. 무아는 어떤 대상에게 수시로 마음을 빼앗기는 것이 아니라, 그런 자아로부터 초연할 수 있다는 점에서 고도의 근원적 자유와 맥을 함께한다.

보편적 자아와 개별적 자아, 그리고 인과

누구나 싫든 좋든 한 국가에 속하는 국민인 동시에 그 구성원인 개체로 기능한다. 누구든 국민이라는 전체적 집합체로 불릴 때, 개인으로서의 고유명사는 국가를 대표하는 상징적 집합명사로 환원된다. 다양한 개인의 견해나 욕구는 절대적 명제인 공통의 애국심으로 일원화한다. 개별적 사견이 보편적 대의로 승화되는 것이다.

약소국이 강대국의 식민지로 전락할 때, 이에 항거해 기꺼이 순국한 애국선열의 경우를 보자. 이들은 개별적 자아를 희생해 보편적 자아를 완성한 것으로 이때 개별적 자아는 순결한 무아의 형태로 승화한다. 그러나 국가의 지향점이 비정상적인 전체주의를 맹목적으로 호도하는 우민화일 경우는 경계해야 한다. 전체의 보편성을 빙자해 정파나 소집단의 사욕을 추구하는 데 개별적 자아가 그 들러리로 전락하게 되기 때문이다. 예컨대 국가지상주의나 변질된 민족주의, 사당화된 정파이기주의의 경우이다.

국가가 함의하는 보편적 대의는 국민 대다수가 이성적/심정적으로 동의하고 적극적으로 참여하는 자발성을 에너지로 형성되어야 한다. 전체가 그 보편성을 확보하기 위해서는 개별적 자아의 다양한 의사를 한데 모을 수 있는 정당한 응집력을 갖추어야 하는 것이다. 따라서 과정에 충실한 민주주의와 사회정의, 보편 타당한 자유가 전제된다. 국가뿐 아니라 직장, 학교, 가족 등 사회 단체의 경우도 마찬가지다.

자아는 형식과 기능 면에서 보편적 자아와 개별적 자아로 나눌 수 있다. 보편적 자아에 편입할 경우, 개별적 자아는 형식상 부재의 성격을 띤다. 이 경우, 보편적 자아는 무아의 목적론적 공시태이고, 개별적 자아는 보편적 자아의 잠재태를 이룬다. 개별적 자아는 사라지는 것이 아니고 보편적 자아의 본류에 지류로서 합류하는 것이다.

이를 우주로 확대하면 보편적 자아는 전체적 운용의 묘를 이루며, 개별적 자아는 그 구체적 현상으로 기능한다. 대표적 범신론의 하나인 브라흐만 사상은 우주를 브라흐만과 아트만의 결합체로 본다. 시공의 운영 주체인 브라흐만과, 삼라만상을 구체적으로 지시하는 개체인 아트만은 굳이 언어상 상위어와 하위어로 구분될 뿐 궁극적으로는 범아일여梵我一如의 동의어적 성격을 띤다. 아트만은 일선에서 브라흐만의 분업적 기능을 수행하는 한편, 브라흐만에 흡수되어 협업적 전체를 이룬다. 전체이며 개체인 이원적 일원론이 브라흐만과 아트만의 실상인 것이다.

한편 아트만은 자신의 행위에 따라 그 결과를 감수해야 하는 인과의 주체로 작용한다. 과학의 핵심요소인 인과의 법칙은 인간에게도 예외 없이 적용되기 때문이다. 다만 외형적 요인만을 관장하는 기계적 관리가 아니라 미묘한 심리 작용까지 포함하는 포괄적 성격을 지닌다. 그 대표적 물증이 생물학적으로는 유전자이며 심리학적으로는 죄의식과 집단무의식이다. 그런데 이 부분은 자신의 노력이나 의지와 관계없이 선천적으로 주어진 태생 환경의 특혜, 살다 보면 예기치 않게 맞게 되는 행운/재앙과 더불어 단순히 현생의 인과적 이치만으로는 설명하기 어려운 과제를 안겨 준다. 이를 이해하기 위해서는 무수히 반복되는 생사유전을 전제로 한 거시적 인과 체계인 윤회설을 빌릴 수밖에 없다. 문제는 윤회의 법칙이 근본적으로 자아를 구속하며, 생노병사의 덫을 통해 인간 자유의지의 한계를 담보로 삼고 있다는 사실이다.

윤회와 무아

윤회로부터 해방되는 데는 두 개의 길이 있다. 하나는 죽음이 다음 생으로 이어지는 생사 윤회가 아니라 영원한 절멸 상태인 단생론에 그칠 경우다. 그러나 이때, 영생을 부인하고 선뜻 죽음이 자아의 완전한 종료라는 사실을 확신하기 어려울 뿐 아니라, 윤회의 굴레 속에서라도 생을 이어가고 싶은 생명애적 욕구와 상충하게 된다. 다른 하나는 윤회적 고리의 주체적 대상인 자아로부터 해방되는 것이다. 이를테면 자아의 속성에 따른 일체의 생사고락, 번뇌, 집착에서 해탈해 무아의 경지에 이르는 것이다.

그러나 무아의 경지에 이른다 해도 윤회의 굴레에서 완전히 벗어날 수는 없다. 마음은 수행에 의해 매사에 걸림이 없이 번뇌로부터 초연하고, 온갖 경계로부터 자유로울지라도 현상적 실체인 몸은 여전히 윤회의 족쇄로 남기 때문이다. 부처라 할지라도 생노병사의 구체적 실체인 몸을 빌리지 않는 한 현실에서의 생은 불가능한 것이다. 한편, 육도사생 중 천상에서 영생할 경우는 예외일 수 있다고 치자. 그러나 천상의 실체는 모호하며 설사 천상에 이른다고 해도, 윤회의 고리에 의해 지상이나 지옥으로 추락할 여지가 있다는 데 근본적으로 문제가 있다.

그렇다면 윤회의 불가피성은 자연스럽게 받아들이되 그 속박으로부터 자유롭게 자신을 조율하는 것이 최선일 수 있다. 그 일차적 방법론으로 불교에서는 무아를 꼽는다.

무아는 자아를 부정하며, 그런 자아로부터의 해탈을 지시한다. 여기에서 자아는 고정불변의 실체가 아니라 온전한 자아라고 내세울 게 없는 변화무쌍한 허상적 자아를 의미하며, 이에 집착하고 연연하는 것을 이른다.

고정불변의 실체가 아닌 '거짓 자아'에 대한 아집으로부터 벗어나 무아의 경지에 이를 경우, 윤회의 고통에서 상대적으로 자유로울 수 있다. 무아의 상태에서 마음을 자유자재할 때 갖은 번뇌와 세속사로부터 초연하고, 윤회의 굴레 속에서도 일련의 자유와 평온을 누릴 수 있는 것이다. 한편, 인과응보를 필연 법칙으로 거느리는 윤회는 인간의 선의지를 고양하는 결정론적 역할을 할 수 있다. 보다 좋은 생의 여건과, 이고득락離苦得樂의 항구적 평상락을 누리기 위해 인과적 토대를 이루는 선업을 쌓는 데 매진할 수 있기 때문이다. 나아가 번뇌와 고통의 요소인 허상적 자아를 억제하고, 무아의 상태에서 격의없이 본연의 정신상태인 본성을 되찾을 수도 있다.

무념과 유념

무아는 주체적 자아, 즉 고정 불변과 동일성의 관념에 나포된 자아의 부정과 해체를 이른다. 또 그것이 온전히 이루어진 상태를 가리키기도 한다. 불교에서는 자아가 오온五蘊─색色·수受·상想·행行·식識의 가집합에 불과할 뿐 고정 불변의 실체가 아니라는 설명을 무상과 무아의 논리

113

적 근거로 삼는다. 본질적 실체가 없는 무아의 실상을 깨침으로써 현실적으로는 생노병사의 고통을 여의고, 궁극적으로는 윤회의 속박으로부터의 해방에 이르고자 한다. 안으로는 본성을 청정하고 평온하게 다스려 평상심을 유지하고, 밖으로는 경계에 끌려다니지 않고 자유자재하는 것이 무아의 진수다. 무아는 자아에 대한 상相/집착이 사라진 무념의 상태를 말한다.

그러나 단순히 자신을 방기한 상태라면 이는 무정물, 기억상실, 정신이상, 심신 무통각증과 다를 바 없으며, 그 존재 자체가 성립하기 어렵다. 어떤 경우에도 생명체는 자신의 심신에 의지해야 하고, 심신을 지탱하기 위해서는 외부 경계에 상응하는 사고와 감각, 감정, 욕구를 거느릴 수밖에 없기 때문이다. 결론적으로 무아는 무념할 자리에서는 무념하고 유념할 자리에서는 유념하되, 그 결실이 적재적소에서 성실하고 적법하게 이루어지는 데 그 진연목이 있다. 예컨대, 중용의 대의와도 일맥상통한다.

무념은 탐욕, 분노, 어리석음 등, 고통과 번뇌의 요인으로부터 자유로운 마음을 뜻하며, 이는 무아의 핵심 요소다. 반면 앞에서 언급한 순국의 예는 유념할 자리에서 유념한 바람직한 경우다. 한편, 그것은 전체적 자아를 위해 개별적 자아를 과감히 버린 숭고한 영혼의 미학이다. 보편적 진리를 실천하기 위해 삿된 자아의 장벽을 뛰어넘어 완성한 초월적 자아 즉, 무아의 일단인 것이다.

시에서의 인과와 무아

시도 진리를 추구하는 신앙이나 학문처럼 개별적 자아에서 보편적 자아를 지향한다. 윤동주가 「서시」에서 노래한 "하늘 우러러 한 점 부끄럼 없는" 자신은 보편적 자아를 가리키며 이는 무아의 경지와도 상통한다. 또 타고르처럼 보편적 자아(『기탄잘리』에서의 신)에 개별적 자아가 순결한 열정으로 합류할 때는 무아의 황홀경에 젖기도 한다. 선시가 아니라도 보편적 자아와 무아의 경지를 노래하는 시들은 많다. 그러나 그 방법론에 있어서 시의 속성상 새로움과 독창성이 요구되기 때문에 낯설고 모호한 경향을 보이는 경우도 있다. 반면, 보편적 자아를 개별적 자아로 해체해 미시적 자의식을 과장하기도 한다. 이때 자기만의 세계와 언어에 함몰되어 평상의 가독성으로부터 멀어질 수도 있다.

초현실주의 시들에서 보이는 자동기술을 무아로 혼동해선 안 된다. 자동기술은 인간 내면의 심층부를 형성하는 무의식과 밀접한 관련이 있으며, 그 무의식을 밖으로 끌어내기 위해서는 자연스럽게 '있는 그대로의 자아'를 의식해야 하기 때문이다. 어떤 의미에서 초현실주의 시는 자아를 자연스럽게 의식하는 효과적 방법일 수도 있다. 아무리 전통 형식을 파괴한 시라도 그 바탕에는 인과적 내재율이 담겨 있다. 그러기에 인과의 법칙이 지배하는 과학성과 정신사적 연결고리에서 어떤 시도 일탈하기는 쉽지 않다. 자칫 시의 본령에서 멀어질 수 있기 때문이다.

흔히 미당의 「국화 옆에서」를 두고 인과관계를 고차적으로 상징화한 대표적 작품으로 평가하는 경향이 있다. 그러나 동양적 범신론을 포괄적으로 대입해도 그 상관성이 막연해서 인과에 대한 구체적 설득력이 반감된다. 김춘수의 「꽃」에서 "그 이름을 불러주기 전"과 후의 상황은 상호적 인과관계를 축으로 삼고 있다. 다시 말해 이 시가 추구하는 존재론적 의미는 견자와 사물 사이의 인과 관계를 통해 구현된다. 그런데 그 인과적 접착력은 후반부로 가면서 현저히 이완된다. 존재의 상호성을 부각하려는 의미론을 지나치게 의식한 탓에 그 유추가 인과적 고리를 떠나 피상적으로 관념화하기 때문이다. 예컨대, 초승달을 보고 어느 시인이 눈썹 같다고 했다고 치자. 또 이 눈썹을 누이의 사춘기적 눈썹 같다고 했다고 치자. 이는 '유추의 확장'일 따름이지 초승달과 누이 사이에 특정의 인과관계는 성립되지 않는다. 따라서 김춘수의 「꽃」도 미당의 「국화 옆에서」와 유사한 성동격서식 언어 유희의 파장으로 읽힐 수 있다. 부연하자면 이 부분은 통상적 인과의 질서와 궤도를 떠나 보다 자유로운 시각으로 재해석할 때 본연의 가치를 되찾을 수 있다.

최근의 시에서 인과의 순리를 도외시/거부한 시들이 자주 눈에 띈다. 특히 서정시와 결을 달리하는 포스트모더니즘 류의 시에서 두드러진다. 그들은 아예 인과의 틀을 회

복 불능의 상태로 분해하고, 그 산산조각 퍼즐을 기형적으로 조립하기에 여념이 없다. 이 경우, 인과의 법칙은 일찍이 해체주의가 벌집을 쑤셔 놓은 주체나 동일성의 파괴와 같은 부류로 매도당한다. 문제는 철학적/윤리적 인과의 해체뿐만 아니라 일반 언어의 질서 체계에서도 무분별/무책임한 파괴가 횡행하고 있다는 사실이다. 새로움을 빙자한 '언어와 정서의 파편적 무질서'가 건강한 사회와 시적 창조의 본질을 흐리고 있는 것이다.

3. 몇 개의 단상

예술의 역사는 더 좋은 상징, 즉 태고유형을 의식적으로 보다 완벽히 실천하기 위한 새로운 상징을 찾아온 도정으로 볼 수 있다. 시인들이 창조하는 신화, 다시 말해 신화적 기법을 차용하는 시 형식은 기하학 못지않은 고도의 구상적 얼개를 생명으로 한다. 따라서 정치한 밀도를 지니지 못했을 때는 자칫 어설픈 판타지나 키치의 경지로 떨어질 우려가 있다. 무의식에도 질량의 법칙이 있듯이 보이지 않는 내면의 세계를 형상화하려면 그만큼 치밀하고 적확한 언어가 요구된다. 추상적이고 상징적인 이미지를 강조하는 경우일수록 단어 선택과 그 직조에 각별히 긴장해야 하기 때문이다. 시의 애매성, 불필요한 언어유희, 모호한 이미지의 남발을 기교로 착각함으로써 괜히 애먼 독자의 평상적 감상을 방해할 필요는 없다는 원론적 이야기다.

브람스는 64세에 운명했다. 그는 50대 후반에 접어들자 갑자기 작품 활동을 중단하고 실의에 빠진다. 심지어 유서까지 써 놓기에 이른다. 그런 그가 57세 되던 해, 리하르트 뮌펠트라는 클라리넷 연주자의 명연주를 듣고는 다시 악보를 꺼내든다. 그렇게 〈클라리넷 5중주〉를 비롯한 주옥같은 클라리넷 명곡들이 태어난다. 만년에 든 그의 작법은 음표가 눈에 띄게 줄어든 악보가 말하듯 종전의 난해한 기법을 단순화하고 대신 음 하나 하나에 각별한 애정과 중량을 싣게 된다. 함축과 깊이와 정제가 꽃피운 아름다운 연륜의 결실이었다. 시인들도 연륜이 쌓일수록 난해하거나 복잡하지 않으면서도 언어의 밀도는 한층 정련된 함축미를 자연스럽게 추구하는 경향이 있다. 이 경우 서정성은 그 핵심요소로 작용한다.

진정성이라는 단어는 식상한 관용어로 상투화 된 지 오래다. 개혁을 위해 싸우던 자들이 개혁 대상으로 전락한 사례가 비일비재한 것처럼. 그런 자들의 입에서 진정성이란 단어는 본연의 순수성과 달리 구호적 수사로 오용 혹은 남용되어 왔다. 그러나 위선과 기만, 경박이 난무하는 사회일수록 오히려 진정성은 필수적 절대 명제로 다가오기 마련이다. 진정성은 진실, 순수 그리고 그 가치에 대한 열정을 담보로 한 인류사회의 고귀한 성정이기 때문이다. 요컨대 이기적이고 탐욕적 속성을 지닌 인류가 멸망하지 않고 그 역사를 연명해 나가는 것은 그 바탕에 자유와 정의, 상생과 진보를 지향하는 진정성이 살아 있기 때문인 것이다.

시인은 벼랑 위의 겨울잠에서 깨어나 그 위기를 고발하고 예언자적 소명을 노래하는 선구자다. 세상이 화급하고 처연한 도탄지경에 빠지면, 시는 때로 그 우아한 연미복을 벗어 던지고 명징한 영혼의 샘에서 우러나는 기도문이나 이정표, 나아가 계시록과 복음서 역할을 하기도 한다. 시의 심장에는 자기구원적 진정성에 대한 치열한 농축과 유구한 생명력이 면면히 숨 쉬고 있기 때문이다. 이는 시의 바탕인 서정성에 진정한 의지가 실릴 때만이 가능한 복합적 과제다. 시인이 진정성을 체득하기 위해서는 서정성과 의지가 혼연일체가 되어야 하기 때문이다. 이때 서정성은 의지의 산실이자 촉진제로 기능한다.

내면의 기층부를 이루는 무의식은 외경을 향해 끊임없이 억압을 언어화하려는 시도를 한다. 무의식의 언어화는 무의식의 실체를 의식을 통해 억압을 해소하는 것을 말한다. 무의식이 명료하게 의식화되어 본래의 내가 선명히 보일 때는 새롭게 다가오는 '세상 보기' 혹은 자아에 대한 재

발견이 이루어진다. 그러나 실체가 묘연한 무의식이 그 막연한 혼돈의 정체를 시를 통해 발설할 때, 그 불가해한 암호 해독은 독자들의 몫으로 전가된다.

예술은 끊임없이 새로움을 추구한다. 새로움은 작품성과 더불어 예술의 생명력을 견인하는 동력이기 때문이다. 새로움은 신선한 유행을 창조하지만 가장 먼저 그 유행을 파괴함으로써 존재감을 과시한다. 때로 르네상스처럼 복고적 경향을 보이기도 하지만 이는 고전으로의 단순한 회귀가 아니라, 현재의 상투성/쇠퇴에 보편/근원의 질서를 보강해 보다 건강한 미래를 추동하는 역동적 사조의 일단이다. 새로움이 거의 바닥이 난 현대에 이르러 예술은 그 존재감을 잃고 있다. 새로움과 르네상스 중 양자택일의 기로에 서 있는 것이다.

예술은 과거의 산물이다. 아무리 현재에 집중해도 그것은 이미 지난 시간의 퇴적층이 현재의 언어를 빌려 표면화한 것에 분과하다. 시도 마찬가지다. 비록 현재를 시점으로 미래를 노래한다 해도 실은 과거의 경험이나 사고를 빌릴 뿐이다. 이의 산물인 상상력도 발휘되는 순간 과거로 회귀한다. 따라서 시창작의 결과물은 집필과 동시에 과거에게 소유권이 주어진다. 다만 그 시를 미래적 시각에서 재구성하는 독자에게 시인이 투자한 과거를 현재 혹은 미래의 자산으로 재현할 기회가 주어진다.

　언어가 먼저일까, 느낌이 먼저일까. 이 우문에 대한 현답은 닭과 달걀의 경우보다는 쉬울 것 같다. 일단 언어의 범위를 음성언어와 문자언어로 한정하고 그 답을 구해 보기로 하자. 느낌의 구체적 내용을 표현하는 것이 언어라면 흥과 슬픔 등, 희로애락의 느낌은 언어보다 앞선다. 언어보다 앞서 느낌이 있고 이를 구체적으로 표현한 것이 언어이기에 당연히 느낌이 전제적 선행의 위치를 차지한다.

　음악은 곡과 가사로 이루어지지만 곡만 있고 가사는 없는 것들도 많다. 또 가사가 있는 음악은 가사에 따라 곡이 붙여진다. 이 경우에도 가사를 지우고 곡만 연주하기도 한다. 이때 음악은 보다 폭넓고 다채롭게 감정을 자극한다. 무심결에 터져 나오는 휘파람이나 흥겨울 때의 콧노래도 크게 다를 바 없다. 가사가 제한해 버리는 느낌의 폭과 강도, 울림, 여운을 가사의 간섭을 받지 않은 곡이 다의적으로 확장해 주기 때문이다.

　곡은 기호 역할을 하는 음표를 적재적소에 배치한 악보에 의해 연주된다. 악보는 기호적 측면에서 넓게 보면 언어 기능을 하지만 가사와는 현격한 차이가 있다. 가사는 그 해석이 일정하지만 곡은 분위기, 악기, 연주자, 지휘자, 무대, 청자의 기호나 기분에 따라 변화무쌍하게 다양한 느낌과 해석이 주어진다. 클래식이 장구한 세월에 걸쳐 음악의 왕좌를 차지하는 것도 바로 이 때문이다.

나는 오래전부터 가사가 없는 음악의 경우를 시에 적용해 가사가 없이 곡만 있는 시를 쓰고 싶었다. 그리하여 보다 새롭고 정련된 시의 경지에 이르고 싶었다. 이를테면 독자들에게 폭넓은 해석과 울림, 그리고 긴 여운을 선물하는 시를 쓰고 싶었다. 그런데 문제는 시에서 음악의 가사에 해당하는 것이 구체적으로 무엇이냐는 환원적 질문이다. 남은 시간이 얼마일지 모르지만 내 시 작업의 대장정은 다시 쓰는 이 시론을 바탕삼아 새롭게 출발하기로 한다.

신은 죽었다고 한 니체의 선언은 신의 부재와 더불어 신으로 상징되던 지상의 절대가치가 더 이상 무의미해진 것을 뜻했다. 이는 종전의 가치 체계를 부정하고 주체의 해체를 주장한 파격적 단절로, 포스트모더니즘의 예후이자 해체 철학의 온상이었다. 시간상으로는 근대 이전과 이후를 가르는 분수령으로, 인류의 사고가 동일성이나 통합의 굴레에서 벗어나 신과 별개의 분열적 언어를 양산하는 사고의 혁명이 주류를 이루었다. 그러나 일체의 권위나 형식으로부터의 탈 예속적 무한 자유를 추구한 저변에는 '참을 수 없는 존재의 가벼움'처럼 바벨탑의 저주를 연상케하는 안개빛 그림자가 드리우기 시작했다.

신은 죽거나, 그 존재 가치가 부정될 수 없다. 그것은 우주의 멸절과 맥을 같이하기 때문이다. 우주와 자아가 존재하는 한 신도 존재할 수밖에 없다. 신은 신화적 존재가 아니라 지상을 포함한 우주의 실재 자체를 담보하기 때문이다. 굳이 동양적 범신론을 빌리지 않더라도 우주 만물의 존재 증명은 신에 의해서만 가능하다. 니체가 사망선고한 신은 신화의 옷을 걸치고 영향력을 행사한 종교적 신성 혹은 신을 대신해 인간 스스로 권위를 부여한 이성의 허상이었다.

그 신이 죽은 후, 시인들은 신이 걸치던 신화의 옷을 새롭게 변조해 대신 입고 혼탁한 신탁을 방언처럼 쏟아냈다. 신화의 옷을 걸치고 신의 대체물로 부상한 시인의 언어는 옷에 걸맞은 신화를 급조해 내기에 급급했다. 철학자(시인이기도 했지만)에 의해 신과 함께 도태된 신화는 시인의 등을 업고 브레이크 없는 신문명의 토사물, 신자유주의와 통정한 시장자본주의의 환상적 부산물로 부활한 것이다.

그 신화는 시적 서정이나 영혼의 순수와는 대척점에 둥지를 틀었다. 오랜 경험과 진지한 사유의 결정체인 절제와 함축의 언어를 해체해 언어 본연의 힘과 질서를 무력화했다.

따라서 '선명과 모호'의 경계는 더욱 모호해지고 시는 예전에 누리던 신비와 주술 기능을 상실했다. 순수 직관의 눈에 비친 예언적 투시는 마비되었다. 청정과 평화, 탈현실적 낭만, 순결한 서정의 마력은 설 땅을 잃었다. 호흡은 풀어헤쳐지거나 거칠어지고, 시의 한 축인 음악성은 도태

되었다. 시와 산문의 경계는 모호해지고, 언어와 시의 이완은 임계점을 넘어선 지 오래다. 시인과 독자의 통로는 단절되고, 그 틈새를 독자의 무관심이나 자의적 독해가 메우고 있다. 시인 스스로 시의 수명을 단축하며, 미래가 실종된 시의 목숨을 가까스로 연명하고 있는 것이다. 무엇보다 두려운 것은 시의 핵심 자산인 감동의 퇴화가 시의 존립 기반을 위협하고 있다는 사실이다.

니체가 신의 종말을 선고했듯이 머지 않아 시의 종말을 선언해야 할는지 모른다. 아니면 제 것이 아닌 신화의 옷을 과감히 벗어 던져야 한다. 그리고 본래의 영혼의 몸인 시인의 언어를 새롭게 되찾아야 한다. 여기에서 '새롭다'는 예전의 형식이나 감각이 아니라 변화의 산물인 언어의 속성에 따르는 것을 뜻하며, '되찾는다'는 언어 본연의 청정과 힘, 질서, 예지를 회복하는 것을 말한다.

중심의 거처

초판1쇄 찍은 날 ǀ 2022년 4월 26일
초판1쇄 펴낸 날 ǀ 2022년 5월 2일

지은이 ǀ 김규성
펴낸이 ǀ 송광룡
펴낸곳 ǀ 문학들
등록 ǀ 2005년 8월 24일 제2005 1−2호
주소 ǀ 61489 광주광역시 동구 천변우로 487(학동) 2층
전화 ǀ 062−651−6968
팩스 ǀ 062−651−9690
전자우편 ǀ munhakdle@hanmail.net
블로그 ǀ blog.naver.com/munhakdlesimmian

ⓒ 김규성 2022
ISBN 979−11−91277−43−2 03810

• 이 도서는 2020년도 한국문화예술위원회 아르코문학창작기금 지원사업에
  선정되어 발간했습니다.